Paul Verlaine

Femmes

Cette édition n'a été tirée qu'à *cent et soixante-quinze* exemplaires, pour les souscripteurs, savoir :

150 exemplaires numérotés de 1 à 150,
25 exemplaires marqués de A à Z.

Elle ne peut être mise dans le commerce.

La quote-part à payer pour chacun des souscripteurs pour couvrir les frais d'impression et autres, est fixée à 10 francs.

Exemplaire n° C

PAUL VERLAINE

Femmes

IMPRIMÉ « SOUS LE MANTEAU »

ET NE SE VEND NULLE PART

1890

Ouverture

Je veux m'abstraire vers vos cuisses et vos fesses,
Putains, du seul vrai Dieu seules prêtresses vraies,
Beautés mûres ou non, novices et professes,
O ne vivre plus qu'en vos fentes et vos raies !

Vos pieds sont merveilleux, qui ne vont qu'à l'amant,
Ne reviennent qu'avec l'amant, n'ont de répit
Qu'au lit pendant l'amour, puis flattent gentiment
Ceux de l'amant qui las et soufflant se tapit,

Pressés, fleurés, baisés, léchés depuis les plantes
Jusqu'aux orteils sucés les uns après les autres,
Jusqu'aux chevilles, jusqu'aux lacs des veines lentes,
Pieds plus beaux que des pieds de héros et d'apôtres !

J'aime fort votre bouche et ses jeux gracieux,
Ceux de la langue et des lèvres et ceux des dents
Mordillant notre langue et parfois même mieux,
Truc presque aussi gentil que de mettre dedans;

Et vos seins, double mont d'orgueil et de luxure
Entre quels mon orgueil viril parfois se guinde
Pour s'y gonfler à l'aise et s'y frotter la hure :
Tel un sanglier ès vaux du Parnasse et du Pinde.

Vos bras, j'adore aussi vos bras si beaux, si blancs,
Tendres et durs, dodus, nerveux quand faut et beaux
Et blancs comme vos culs et presque aussi troublants,
Chauds dans l'amour, après frais comme des tombeaux.

Et les mains au bout de ces bras, que je les gobe !
La caresse et la paresse les ont bénies,
Rameneuses du gland transi qui se dérobe,
Branleuses aux sollicitudes infinies !

Mais quoi ? Tout ce n'est rien, Putains, au prix de vos
Culs et cons dont la vue et le goût et l'odeur
Et le toucher font des élus de vos dévots,
Tabernacles et Saints des Saints de l'impudeur.

C'est pourquoi, mes sœurs, vers vos cuisses et vos fesses
Je veux m'abstraire tout, seules compagnes vraies,
Beautés mûres ou non, novices ou professes,
Et ne vivre plus qu'en vos fentes et vos raies.

I

A celle que l'on dit froide

Tu n'es pas la plus amoureuse
De celles qui m'ont pris ma chair ;
Tu n'es pas la plus savoureuse
De mes femmes de l'autre hiver.

Mais je t'adore tout de même !
D'ailleurs ton corps doux et bénin
A tout, dans son calme suprême,
De si grassement féminin,

De si voluptueux sans phrase,
Depuis les pieds longtemps baisés
Jusqu'à ces yeux clairs purs d'extase,
Mais que bien et mieux apaisés !

Depuis les jambes et les cuisses
Jeunettes sous la jeune peau,
A travers ton odeur d'éclisses
Et d'écrevisses fraîches, beau,

Mignon, discret, doux petit Chose
A peine ombré d'un or fluet,
T'ouvrant en une apothéose
A mon désir rauque et muet,

Jusqu'aux jolis tétins d'infante,
De miss à peine en puberté,
Jusqu'à ta gorge triomphante
Dans sa gracile venusté,

Jusqu'à ces épaules luisantes,
Jusqu'à la bouche, jusqu'au front
Naïfs aux mines innocentes
Qu'au fond les faits démentiront,

Jusqu'aux cheveux courts bouclés comme
Les cheveux d'un joli garçon,
Mais dont le flot nous charme, en somme,
Parmi leur apprêt sans façon,

En passant par la lente échine
Dodue à plaisir, jusques au
Cul somptueux, blancheur divine,
Rondeurs dignes de ton ciseau,

Mol Canova ! jusques aux cuisses
Qu'il sied de saluer encor,
Jusqu'aux mollets, fermes délices,
Jusqu'aux talons de rose et d'or !

Nos nœuds furent incoërcibles ?
Non, mais eurent leur attrait leur.
Nos feux se trouvèrent terribles ?
Non, mais donnèrent leur chaleur.

Quant au Point, Froide? Non pas, Fraîche.
Je dis que notre « sérieux »
Fut surtout, et je m'en pourlèche,
Une masturbation mieux,

Bien qu'aussi bien les prévenances
Sussent te préparer sans plus,
Comme l'on dit, d'inconvenances,
Pensionnaire qui me plus.

Et je te garde entre mes femmes
Du regret non sans quelque espoir
De quand peut-être nous aimâmes
Et de sans doute nous ravoir.

II

Partie carrée

Chute des reins, chute du rêve enfantin d'être sage,
Fesses, trône adoré de l'impudeur,
Fesses, dont la blancheur divinise encor la rondeur,
Triomphe de la chair mieux que celui par le visage !

Seins, double mont d'azur et de lait aux deux cîmes brunes,
Commandant quel vallon, quel bois sacré !
Seins, dont les bouts charmants sont un fruit vivant, savouré
Par la langue et la bouche ivres de ces bonnes fortunes !

Fesses, et leur ravin mignard d'ombre rose un peu sombre
Où rôde le désir devenu fou,
Chers oreillers, coussin au pli profond pour la face ou
Le sexe, et frais repos des mains après ces tours sans nombre !

Seins, fins régals aussi des mains qu'ils GORGENT de délices,
Seins lourds, puissants, un brin fiers et moqueurs,
Dandinés, balancés, et, se sentant forts et vainqueurs,
Vers nos prosternements comme regardant en coulisse !

Fesses, les grandes sœurs des seins vraiment, mais plus nature,
Plus bonhomme, sourieuses aussi,
Mais sans malices trop et qui s'abstiennent du souci
De dominer, étant belles pour toute dictature !

Mais quoi ? Vous quatre, bons tyrans, despotes doux et justes,
Vous impériales et vous princiers,
Qui courbez le vulgaire et sacrez vos initiés,
Gloire et louange à vous, Seins très saints, Fesses très augustes !

III

Triolets à une vertu, pour s'excuser du peu

A la grosseur du sentiment
Ne va pas mesurer ma force,
Je ne prétends aucunement
A la grosseur du sentiment.
Toi, serre le mien bontément
Entre ton arbre et ton écorce.
A la grosseur du sentiment
Ne va pas mesurer ma force.

La qualité vaut mieux, dit-on,
Que la quantité, fût-ce énorme.
Vive un gourmet, fi du glouton !
La qualité vaut mieux, dit-on.
Allons, sois gentille et que ton
Goût à ton désir se conforme.
La qualité vaut mieux, dit-on,
Que la quantité, fût-ce énorme.

Petit poisson deviendra grand
Pourvu que L'on (1) lui prête vie.
Sois ce L'on-là : sur ce garant
Petit poisson deviendra grand.
Prête-*la* moi, je te *le* rend-
Rai gaillard et digne d'envie.
Petit poisson deviendra grand
Pourvu que L'on lui prête vie.

Mon cas se rit de ton orgueil,
Etant fier et de grand courage.

(1) Voir aux Fables de la Fontaine, édition du Conseil Municipal actuel de Paris.

Tu peux bien en faire ton deuil.
Mon cas se rit de ton orgueil
Comme du chat qui n'a qu'un œil,
Et le voue au « dernier outrage ».
Mon cas se rit de ton orgueil
Etant fier et de grand courage.

Tout de même et sans trop de temps
C'est fait. *Sat prata.* L'ordre règne.
Sabre au clair et tambours battants
Tout de même et sans trop de temps !
Bien que pourtant, bien que contents
Mon cas pleure et ton orgueil saigne.
Tout de même et sans trop de temps
C'est fait. *Sat prata.* L'ordre règne.

IV

Goûts royaux

Louis Quinze aimait peu les parfums. Je l'imite
Et je leur acquiesce en la juste limite.
Ni flacons, s'il vous plaît, ni sachets en amour !
Mais, ô qu'un air naïf et piquant flotte autour
D'un corps, pourvu que l'art de m'exciter s'y trouve ;
Et mon désir chérit et ma science approuve
Dans la chair convoitée, à chaque nudité
L'odeur de la vaillance et de la puberté
Ou le relent très bon des belles femmes mûres.
Même j'adore — tais, morale, tes murmures —

Comment dirais-je ? ces fumets, qu'on tient secrets,
Du sexe et des entours, dès avant comme après
La divine accolade et pendant la caresse,
Quelle qu'elle puisse être, ou doive, ou le paraisse.
Puis, quand sur l'oreiller mon odorat lassé,
Comme les autres sens, du plaisir ressassé,
Somnole et que mes yeux meurent vers un visage
S'éteignant presque aussi, souvenir et présage,
De l'entrelacement des jambes et des bras,
Des pieds doux se baisant dans la moiteur des draps,
De cette langueur mieux voluptueuse monte
Un goût d'humanité qui ne va pas sans honte,
Mais si bon, mais si bon qu'on croirait en manger !
Dès lors, voudrais-je encor du poison étranger,
D'une flagrance prise à la plante, à la bête
Qui vous tourne le cœur et vous brûle la tête,
Puisque j'ai, pour magnifier la volupté,
Proprement la quintessence de la beauté ?

V

Filles

I

Bonne simple fille des rues,
Combien te préférè-je aux grues

Qui nous encombrent le trottoir
De leur traîne mon décrottoir,

Poseuses et bêtes poupées
Rien que de chiffons occupées

Ou de courses et de paris,
Fléaux déchaînés sur Paris !

Toi, tu m'es un vrai camarade
Qui la nuit monterait en grade

Et même dans les draps câlins
Garderait des airs masculins,

Amante à la bonne franquette,
L'amie à travers la coquette

Qu'il te faut bien être un petit
Pour agacer mon appétit.

Oui, tu possèdes des manières
Si farceusement garçonnières

Qu'on croit presque faire un péché
(Pardonné puisqu'il est caché),

Sinon que t'as les fesses blanches,
De frais bras ronds et d'amples hanches

Et remplaces ce que n'as pas
Par tant d'orthodoxes appas.

T'es un copain tant t'es bonne âme,
Tant t'es toujours tout feu, tout flamme

S'il s'agit d'obliger les gens
Fût-ce avec tes pauvres argents

Jusqu'à doubler ta rude ouvrage,
Jusqu'à mettre du linge en gage !

Comme nous t'as eu des malheurs
Et tes larmes valent nos pleurs

Et tes pleurs mêlés à nos larmes
Ont leurs salaces et leurs charmes,

Et de cette pitié que tu
Nous portes sort une vertu.

T'es un frère qu'est une dame
Et qu'est pour le moment ma femme...

Bon ! puis dormons jusqu'à patron-
-Minette, en boule, et ron, ron, ron !

Serre-toi, que je m'acoquine
Le ventre au bas de ton échine,

Mes genoux emboîtant les tiens,
Tes pieds de gosse entre les miens.

Roule ton cul sous ta chemise,
Mais laisse ma main que j'ai mise

Au chaud sous ton gentil tapis.
Là ! nous voilà cois, bien tapis.

Ce n'est pas la paix, c'est la trève.
Tu dors ? Oui. Pas de mauvais rêve.

Et je somnole en gais frissons,
Le nez pâmé sur tes frisons.

II

Et toi, tu me chausses aussi,
Malgré ta manière un peu rude
Qui n'est pas celle d'une prude
Mais d'un virago réussi.

Oui, tu me bottes quoique tu
Gargarises dans ta voix d'homme
Toutes les gammes du rogome,
Buveuse à coudes rabattus !

Mais femme ! sacré nom de Dieu !
A nous faire perdre la tête,
Nous foutre tout le reste en fête
Et, nom de Dieu, le sang en feu.

Ton corps dresse, sous le reps noir,
Sans qu'assurément tu nous triches,
Une paire de nénais riches,
Souples, durs, excitants, faut voir !

Et moule un ventre jusqu'au bas,
Entre deux friands hauts-de-cuisse,
Qui parle de sauce et d'épice
Pour quel poisson de quel repas !

Tes bas blancs — et je t'applaudis
De n'arlequiner point tes formes —
Nous font ouvrir des yeux énormes
Sur des mollets que rebondis !

Ton visage de brune où les
Traces de robustes fatigues
Marquent clairement que tu brigues
Surtout le choc des mieux râblés,

Ton regard ficelle et gobeur
Qui sait se mouiller puis qui mouille,
Où toute la godaille grouille
Sans reproche, ô non ! mais sans peur,

Toute ta figure — des pieds
Cambrés vers toutes les étreintes
Aux traits crépis, aux mèches teintes,
Par nos longs baisers épiés —

Ravigote les roquentins
Et les ci-devant jeunes hommes
Que voilà bientôt que nous sommes,
Nous électrise en vieux pantins,

Fait de nous de vrais bacheliers
Empressés autour de ta croupe,
Humant la chair comme une soupe,
Prêts à râler sous tes souliers !

Tu nous mets bientôt à quia,
Mais, patiente avec nos restes,
Les accommode, mots et gestes,
En ragoûts où de tout y a.

Et puis, quoique mauvaise au fond,
Tu nous as de ces indulgences !
Toi, si teigne entre les engeances,
Tu fais tant que les choses vont.

Tu nous gobes (ou nous le dis)
Non de te satisfaire, ô goule !
Mais de nous tenir à la coule
D'au moins les trucs les plus gentils.

Ces devoirs nous les déchargeons,
Parce qu'au fond tu nous violes,
Quitte à te fiche de nos fioles
Avec de plus jeunes cochons.

VI

A Madame ***

Quand tu m'enserres de tes cuisses
La tête ou les cuisses, gorgeant
Ma gueule des bathes délices
De ton jeune foutre astringent,

Ou mordant d'un con à la taille
Juste de tel passe-partout
Mon vit point très gros, mais canaille
Depuis les couilles jusqu'au bout,

Dans la pinette et la minette
Tu tords ton cul d'une façon
Qui n'est pas d'une femme honnête;
Et, non de Dieu, t'as bien raïson !

Tu me fais des langues fourrées,
Quand nous baisons, d'une longueur
Et d'une ardeur démesurées
Qui me vont, merde ! au droit du cœur.

Et ton con exprime ma pine
Comme un ours tetterait un pis,
Ours bien léché, toison rupine,
Que la mienne a pour fier tapis.

Ours bien léché, gourmande et soule
Ma langue ici peut l'attester
Qui fit à ton clitoris boule-
De-gomme à ne le plus compter.

Bien léché, oui, mais âpre en diable,
Ton con joli, taquin, coquin,
Qui rit rouge sur fond de sable :
Telles les lèvres d'Arlequin.

VII

Vas unguentatum

Admire la brèche moirée
Et le ton rose-blanc qu'y met
La trace encor de mon entrée
Au paradis de Mahomet.

Vois, avec un plaisir d'artiste,
O mon vieux regard fatigué
D'ordinaire à bon droit si triste,
Ce spectacle opulent et gai,

Dans un mol écrin de peluche
Noire aux reflets de cuivre roux
Qui serpente comme une ruche,
D'un bijou, le dieu des bijoux,

Palpitant de sève et de vie
Et vers l'extase de l'amant
Essorant la senteur ravie,
On dirait, à chaque élément.

Surtout contemple, et puis respire,
Et finalement baise encor
Et toujours la gemme en délire,
Le rubis qui rit, fleur du for

Intérieur, tout petit frère
Epris de l'autre et le baisant
Aussi souvent qu'il le peut faire,
Comme lui soufflant à présent...

Mais repose-toi, car tu flambes.
Aussi, lui, comment s'apaiser,
Cuisses et ventre, seins et jambes
Qui ne cessez de l'embraser ?

Hélas ! voici que son ivresse
Me gagne et s'en vient embrasser
Toute ma chair qui se redresse...
Allons, c'est à recommencer !

VIII

Idylle High Life

La galopine
A pleine main
Branle la pine
Au beau gamin.

L'heureux potache
Décaloté
Jouit et crache
De tout côté.

L'enfant, rieuse
A voir ce lait
Et curieuse
De ce qu'il est,

Hume une goutte
Au bord du pis,
Puis dame ! en route,
Ma foi, tant pis !

Pourlèche et baise
Le joli bout,
Plus ne biaise,
Pompe le tout !

Petit vicomte
De Je-ne-sais,
Point ne raconte
Trop ce succès,

Fleur d'élégances,
Oaristys
De tes vacances
Quatre-vingt-dix :

Ces algarades
Dans les châteaux,
Tes camarades,
Même lourdeaux,

Pourraient sans peine
T'en raconter
A la douzaine
Sans inventer;

Et les cousines,
Anges déchus,
De ces cuisines
Et de ces jus

Sont coutumières,
Pauvres trognons,
Dès leurs premières
Communions :

Ce, jeunes frères,
En attendant
Leurs adultères
Vous impendant.

IX

Tableau populaire

L'apprenti point trop maigrelet, quinze ans, pas beau,
Gentil dans sa rudesse un peu molle, la peau
Mate, l'œil vif et creux, sort de sa cotte bleue,
Fringante et raide au point, sa déjà grosse queue
Et pine la patronne, une grosse encor bien,
Pâmée au bord du lit dans quel maintien vaurien,
Jambes en l'air et seins au clair, avec un geste !
A voir le gars serrer les fesses sous sa veste
Et les fréquents pas en avant que ses pieds font,
Il appert qu'il n'a pas peur de planter profond

Ni d'enceinter la bonne dame qui s'en fiche.
(Son cocu n'est-il pas là, confiant et riche ?)
Aussi bien, arrivée au suprême moment
Elle s'écrie en un subit ravissement :
« Tu m'as fait un enfant, je le sens, et t'en aime
D'autant plus. » — « Et voilà les bonbons du baptême ! »
Dit-elle, après la chose ; et, tendre, à croppetons,
Lui soupèse et pelote et baise les roustons.

X

Billet à Lily

Ma petite compatriote,
M'est avis que veniez ce soir
Frapper à ma porte et me voir.
O la scandaleuse ribote
De gros baisers et de petits
Conforme à mes gros appétits !
Mais les vôtres sont-ils si mièvres ?
Primo, je baiserai vos lèvres,
Toutes ! c'est mon cher entremets,
Et les manières que j'y mets,
Comme en tant de choses vécues,

Sont friandes et convaincues !
Vous passerez vos doigts jolis
Dans ma flave barbe d'apôtre,
Et je caresserai la vôtre.
Et sur votre gorge de lys,
Où mes ardeurs mettront des roses,
Je poserai ma bouche en feu.
Mes bras se piqueront au jeu,
Pâmés autour des bonnes choses
De dessous la taille et plus bas
Puis mes mains non sans fols combats
Avec vos mains mal courroucées
Flatteront de tendres fessées
Ce beau derrière qu'étreindra
Tout l'effort qui lors bandera
Ma gravité vers votre centre.
A mon tour je frappe. O dis : Entre !

XI

Pour Rita

J'abomine une femme maigre.
Pourtant je t'adore, ô Rita,
Avec tes lèvres un peu nègre
Où la luxure s'empâta,

Avec tes noirs cheveux, obscènes
A force d'être beaux ainsi
Et tes yeux où ce sont des scènes
Sentant, parole ! le roussi,

Tant leur feu sombre et gai quand même
D'une si lubrique gaîté
Eclaire de grâce suprême
Dans la pire impudicité,

Regard flûtant au virtuose
Es-pratiques dont on se tait :
« Quoi que tu te proposes, ose
Tout ce que ton cul te dictait » ;

Et sur ta taille comme d'homme,
Fine et très fine cependant,
Ton buste, perplexe Sodome
Entreprenant puis hésitant,

Car dans l'étoffe trop tendue
De tes corsages corrupteurs
Tes petits seins durs de statue
Disent : « Homme ou femme ? » aux bandeurs.

Mais tes jambes, que féminines
Leur grâce grasse vers le haut
Jusques aux fesses que devine
Mon désir, jamais en défaut,

Dans les plis cochons de ta robe
Qu'un art salop sut disposer
Pour montrer plus qu'il ne dérobe
Un ventre ou le mien se poser !

Bref, tout ton être ne respire
Que faims et soifs et passions...
Or je me crois encore pire :
Faudrait que nous comparassions.

Allons, vite au lit, mon infante,
Ça, livrons-nous jusqu'au matin
Une bataille triomphante
A qui sera le plus putain.

XII

Au bal

Un rêve de cuisses de femmes
Ayant pour ciel et pour plafond
Les culs et les cons de ces dames
Très beaux, qui viennent et qui vont

Dans un ballon de jupes gaies
Sur des airs gentils et cochons ;
Et les culs vous ont de ces raies,
Et les cons vous ont des manchons !

Des bas blancs sur quels mollets fermes
Si rieurs et si bandatifs
Avec, en haut, sans fins ni termes
Ce train d'appas en pendentifs,

Et des bottines bien cambrées
Moulant des pieds grands juste assez
Mènent des danses mesurées
En pas vifs comme un peu lassés.

Une sueur particulière
Sentant à la fois bon et pas,
Foutre et mouille, et trouduculière,
Et haut de cuisse, et bas de bas,

Flotte et vire, joyeuse et molle,
Mêlée à des parfums de peau
A nous rendre la tête folle
Que les youtres ont sans chapeau.

Notez combien bonne ma place
Se trouve dans ce bal charmant :
Je suis par terre, et ma surface
Semble propice apparemment

Aux appétissantes danseuses
Qui veulent bien, on dirait pour
Telles intentions farceuses,
Tournoyer sur moi quand mon tour,

Ce, par un extraordinaire
Privilège en elles ou moi,
Sans me faire mal, au contraire,
Car l'aimable, le doux émoi

Que ces cinq cent mille chatouilles
De petons vous caracolant
A même les jambes, les couilles,
Le ventre, la queue et le gland !

Les chants se taisent et les danses
Cessent. Aussitôt les fessiers
De mettre au pas leurs charmes denses.
O ciel ! l'un d'entre eux, tu t'assieds

Juste sur ma face, de sorte
Que ma langue entre les deux trous
Divins vague de porte en porte
Au pourchas de riches ragoûts.

Tous les derrières à la file
S'en viennent généreusement
M'apporter, chacun en son style,
Ce vrai banquet d'un vrai gourmand.

Je me réveille, je me touche :
C'est bien moi, le pouls au galop...
La nom de Dieu de fausse couche !
Le nom de Dieu de vrai salop !

XIII

Reddition

Je suis foutu. Tu m'as vaincu.
Je n'aime plus que ton gros cu
Tant baisé, léché, reniflé,
Et que ton cher con tant branlé,
Piné — car je ne suis pas l'homme
Pour Gomorrhe ni pour Sodome,
Mais pour Paphos et pour Lesbos,
(Et tant gamahuché, ton con)
Converti par tes seins si beaux,
Tes seins lourds que mes mains soupèsent

Afin que mes lèvres les baisent
Et, comme l'on hume un flacon,
Sucent leurs bouts raides puis mous
Ainsi qu'il nous arrive à nous
Avec nos gaules variables.
C'est un plaisir de tous les diables
Que tirer un coup en gamin,
En épicier ou en levrette,
Ou à la Marie-Antoinette
Et cætera jusqu'à demain
Avec toi, despote adorée
Dont la volonté m'est sacrée,
Plaisir infernal qui me tue
Et dans lequel je m'évertue
A satisfaire ta luxure.
Le foutre s'épand de mon vit
Comme le sang d'une blessure...
N'importe ! Tant que mon cœur vit
Et que palpite encor mon être,
Je veux remplir en tout ta loi,
N'ayant, dure maîtresse, en toi
Plus de maîtresse, mais un maître.

XIV

Régals

Croise tes cuisses sur ma tête
De façon à ce que ma langue,
Taisant toute sotte harangue,
Ne puisse plus que faire fête
A ton con ainsi qu'à ton cu
Dont je suis l'à-jamais vaincu
Comme de tout ton corps, du reste,
Et de ton âme mal céleste,
Et de ton esprit carnassier
Qui dévore en moi l'idéal

Et m'a fait le plus putassier
Du plus pur, du plus lilial
Que j'étais avant ta rencontre
Depuis des ans et puis des ans.
Là, dispose-toi bien et montre
Par quelques gestes complaisants
Qu'au fond t'aime ton vieux bonhomme
Ou du moins le souffre faisant
Minette (avec boule de gomme)
Et feuille de rose, tout comme
Un plus jeune mieux séduisant
Sans doute mais moins bath en somme
Quant à la science et au faire.
O ton con ! qu'il sent bon ! J'y fouille
Tant de la gueule que du blaire
Et j'y fais le diable et j'y flaire
Et j'y farfouille et j'y bafouille
Et j'y renifle et oh ! j'y bave
Dans ton con à l'odeur cochonne
Que surplombe une motte flave
Et qu'un duvet roux environne
Qui mène au trou miraculeux
Où je farfouille, où je bafouille,
Où je renifle et où je bave

Avec le soin méticuleux
Et l'âpre ferveur d'un esclave
Affranchi de tout préjugé.
La raie adorable que j'ai
Léchée *amoroso* depuis
Les reins en passant par le puits
Où je m'attarde en un long stage
Pour les dévotions d'usage,
Me conduit tout droit à la fente
Triomphante de mon infante.
Là, je dis un salamalec
Absolument esotérique
Au clitoris rien moins que sec,
Si bien que ma tête d'en bas
Qu'exaspèrent tous ces ébats
S'épanche en blanche rhétorique,
Mais s'apaise dès ces prémisses.

Et je m'endors entre tes cuisses
Qu'à travers tout cet émoi tendre
La fatigue t'a fait détendre.

XV

Gamineries

Depuis que ce m'est plus commode
De baiser en gamin, j'adore
Cette manière et l'aime encore
Plus quand j'applique la méthode

Qui consiste à mettre mes mains
Bien fort sur ton bon gros cul frais,
Chatouille un peu conçue exprès
Pour mieux entrer dans tes chemins.

Alors ma queue est en ribote
De ce con qui, de fait, la baise,
Et de ce ventre qui lui pèse
D'un poids salop — et ça clapote,

Et les tétons de déborder
De la chemise lentement
Et de danser indolemment,
Et mes yeux de comme bander,

Tandis que les tiens, d'une vache,
Tels ceux-là des Junons antiques,
Leur fichent des regards obliques,
Profonds comme des coups de hache,

Si que je suis magnétisé
Et que mon cabochon d'en bas,
Non toutefois sans quels combats !
Se rend tout-à-fait médusé.

Et je jouis et je décharge
Dans ce vrai cauchemar de viande
A la fois friande et gourmande
Et tour à tour étroite et large,

Et qui remonte et redescend
Et rebondit sur mes roustons
En sauts où mon vit à tâtons
Pris d'un vertige incandescent

Parmi des foutres et des mouilles
Meurt, puis revit, puis meurt encore,
Revit, remeurt, revit encore
Par tout ce foutre et que de mouille !

Cependant que mes doigts, non sans
Te faire un tas de postillons,
Légers comme des papillons
Mais profondément caressants

Et que mes paumes de tes fesses
Froides modérément tout juste
Remontent *lento* vers le buste
Tiède sous leurs chaudes caresses.

XVI

Hommage dû

Je suis couché tout de mon long sur son lit frais :
Il fait grand jour ; c'est plus cochon, plus fait exprès,
Par le prolongement dans la lumière crue
De la fête nocturne immensément accrue,
Pour la persévérance et la rage du cu
Et ce soin de se faire soi-même cocu.
Elle est à poils et s'accroupit sur mon visage
Pour se faire gamahucher, car je fus sage
Hier et c'est — bonne, elle, au delà du penser ! —
Sa royale façon de me récompenser .

Je dis royale, je devrais dire divine :
Ces fesses, chair sublime, alme peau, pulpe fine,
Galbe puissamment pur, blanc, riche, aux stris d'azur,
Cette raie au parfum bandatif, rose-obscur,
Lente, grasse, et le puits d'amour, que dire sur !
Régal final, dessert du con bouffé, délire
De ma langue harpant les plis comme une lyre !
Et ces fesses encor, telle une lune en deux
Quartiers, mytérieuse et joyeuse, où je veux
Dorénavant nicher mes rêves de poète
Et mon cœur de tendeur et mes rêves d'esthète !
Et, maîtresse, ou mieux, maître en silence obéi,
Elle trône sur moi, caudataire ébloui.

Fin

Morale en raccourci

Une tête de blonde et de grâce pâmée,
Sous un cou roucouleur de beaux tétons bandants,
Et leur médaillon sombre à la mamme enflammée,
Ce buste assis sur des coussins bas, cependant
Qu'entre deux jambes très vibrantes très en l'air
Une femme à genoux vers quels soins occupée,
Amour le sait — ne montre aux dieux que l'épopée
Candide de son cul splendide, miroir clair
De la Beauté qui veut s'y voir afin d'y croire.
Cul féminin, vainqueur serein du cnl viril,
Fût-il éphébéen, et fût-il puéril,
Cul féminin, culs sur tous culs, los, culte et gloire !

TABLE

www.ingramcontent.com/pod-product-compliance
Ingram Content Group UK Ltd.
Pitfield, Milton Keynes, MK11 3LW, UK
UKHW022125260726
13993UKWH00003B/1240